LES
GIVORDINES

SONNETS

PAR

ACHILLE SERVIÈRES

GIVORS

SAVIGNÉ, IMPRIMEUR-ÉDITEUR

—

1872

long & dark.

LES GIVORDINES

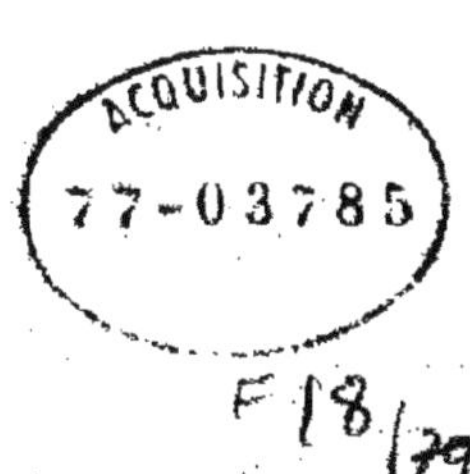

à Mon brave et ami Charles
Martignac.

J'inaltérable affection

à Madame Lucero et Mademoiselle Lucile
Martignac

affection éconifilière

LES
GIVORDINES

SONNETS

PAR

ACHILLE SERVIÈRES

GIVORS

SAVIGNÉ, IMPRIMEUR-ÉDITEUR

1872

SONNETS-ANTIPODES

Préface

A M. E.-J. SAVIGNÉ

I

Il faut que vous ayez joliment du courage,
D'espoir dans le succès, ou qu'un fort sentiment
Aveugle votre esprit de son brillant mirage
Pour éditer des vers écrits négligemment.

Cependant je vous dis sur mon humble entourage :
« Ces Givordines sont bien jeunes, et vraiment
« Je craindrais de les voir, au moindre vent d'orage,
« Se flétrir et traîner leurs jours languissamment.

« Si la fraîcheur, la grâce étincelaient en elles,
« Comme dans ces amours que j'ai pris pour modèles,
« Du sort qui les attend je tremblerais bien moins. »

Et, pour me rassurer, vous reprîtes : » Poëte ,
« Je les revêtirai d'une robe coquette ;
« Puis à les faire aimer je mettrai tous mes soins. »

II

L'habit faisant le moine et surtout les moinesses ,
Cher Savigné, je prends acte de vos promesses :
A la dernière mode habillez ces enfants.

Que, soudain, en errant dans les pages du livre ,
Le bienveillant regard que l'élégance enivre ,
Trouve plus doux mes vers et plus jolis mes chants.

Puis si , grâces à vous, ces notes familières
Qui vont prendre leur vol sans un seul protecteur ,
Reçoivent un accueil modestement flatteur
Dans la nuit des boudoirs, dans le jour des chaumières,

Je pourrai, m'inspirant des brises printanières ,
Sur un mode nouveau confier au lecteur ,
Ce que dernièrement apprirent à l'auteur
De vos ombreux vallons les vertes bonbonnières.

Achille Servières.

RÉPONSE

A M. ACHILLE SERVIÈRES

———

De vos sonnets, charmant Poëte,
Volontiers je suis l'éditeur ;
C'est un plaisir, c'est une fête
Pour moi, de voir poindre un auteur.

Je ne sais pas si l'on s'apprête
A célébrer vos vers en chœur ;
Je ne sais pas si l'on répète
Vos chants aimés, partis du cœur.

Que, dans ce monde où tout s'efface,
Vous laissiez ou non une trace,
Astre brillant ou méconnu ;

Pauvre rêveur, hélas, qu'importe !
Quand le talent frappe à ma porte,
Il est toujours le bienvenu !

E.-J. SAVIGNÉ.

LA GIVORDINE

A Mlle AMÉLIE A....

De la brise du soir la plainte sympathique,
Du ruisseau murmurant l'agréable douceur,
L'interprétation d'un génie artistique
Par une bonne flûte ou quelque fort chanteur,

Des esprits éthérés le concert séraphique :
Voilà de son accent le ton et la fraîcheur.
Sa conversation est comme une musique,
Avec un *si bémol,* souvent en *ré mineur.*

Mais le plus bel attrait qui chez elle domine,
L'aimant le plus puissant, c'est de la Givordine
Le caractère d'ange et son parler de miel.

Dès qu'on la voit on l'aime avec idolâtrie,
Tant on doute, en buvant sa douce causerie,
Si l'on est sur la terre ou dans un coin du ciel.

U N   I N C E N D I E

A FÉLIX JOHANNOT

Entendez-vous la générale ?
Du tocsin et de cent gosiers
La voix lugubre et sépulcrale
Qui réveille tous les quartiers?

Voyez-vous, roulant sur la dalle,
Ce chariot plein de paniers
Qu'avec une ardeur sans égale
Entraînent dix sapeurs-pompiers?...

Sans doute une vieille machine
Aura mis en feu quelque usine,
Et l'incendie éblouissant

En serpent de flammes circule....
Mais j'apprends du premier passant...
Devinez quoi?... que le Gier brûle !!! (1)

(1) Rivière.

LE LIBRAIRE

A MON AMI ADRIEN ROUX, AVOCAT

Dieu ! quelle pauvreté, mon cher, chez le libraire
Renommé de Givors ! A peine y trouve-t-on
Quelque *Paroissien* près de l'abécédaire,
Et pour nouveau roman les *Quatre Fils d'Aimon*.

Jamais tu n'y verras les œuvres de Voltaire,
Les drames de Ponsard, les pamphlets de Timon,
Les sermons renommés du Père Lacordaire,
Les *Rêves*, de Fourier ; le *Devoir*, de Simon.

Si, par hasard, tes yeux qu'attire, que fascine
Par des milliers d'objets l'élégante vitrine,
Tombent sur un Dumas en grand in-octavo,

Etalant sa fraîcheur, sa reliure en veau,
Et si de l'acheter tu ne peux te défendre,
Demandes-en le prix…. — On ne peut pas le vendre.

IV

CONTRE LE CHEMIN DE FER

BOUTADE

Oui, tu deviendras la ruine
De notre pauvre humanité!
Pour un peu de rapidité
Que de maux cause ta machine!

Tu fais renchérir la cuisine;
Ton papier fait ma pauvreté,
Et je frémis, épouvanté,
D'une catastrophe voisine!...

Car ici même tu peux voir
Des gens par toi vêtus de noir.
Regarde encor ce qui m'arrive :

Ta cracheuse locomotive
A rempli mon œil de granit!...
Chemin de fer, oh! sois maudit!!

V

UN SOIR

A Mlle ***

Comme un train emportait vers des cités lointaines
Des obus, des canons, des chevaux, des soldats
Qui vont continuer les meurtriers combats
Pour chasser l'ennemi de nos monts, de nos plaines,

Je vous vis, imitant nos belles châtelaines,
Apparaître au balcon, étoile aux doux éclats,
Regardant, sans les voir, ces engins et ces bras
Qui, j'espère, feront pleurer force Prussiennes.

Et moi, pauvre poëte, au cœur triste et joyeux,
Triste de nos revers et joyeux de vos yeux,
Tout en faisant des vœux pour notre chère France,

Je passai. Puis songeant à vos roses printemps,
Vous étant inconnu, je me dis : Pour longtemps
Voilà bien un nouvel élément de souffrance.

VI

A UNE PLUME MÉTALLIQUE

Sans la science qui déterre
Tant de trésors, tu dormirais
Dans ta gangue au sein de la terre,
Mêlée à d'autres minerais,

Plume en fer, humble légataire
De mes pensers, dont j'admirais
L'air coquet dans mon secrétaire
Toutes les fois que je l'ouvrais !

Retirant de mon écritoire
Ton bec saturé d'encre noire,
Que vas-tu dire à ce papier ?

Oh ! sois aimable, gracieuse ;
Fuis toute verve injurieuse ;
La satire est un sot métier,

VII

GIVORS

A M. J.-B. DE NEUVESEL

Oui, je ne connais point de plus sale cité
Que celle de Givors. — L'habitant le confesse. —
N'importe où vous soyez, votre main rien ne laisse
Sans qu'un noir de fumée aux doigts soit incrusté.

Mais j'aime franchement sa noble saleté (1) ;
Et quand je me salis, c'est avec une ivresse !...
Parce que le travail, augmentant la richesse,
Est la gloire et la vie avec la liberté ! !

Aussi, lorsque je songe aux noires verreries,
Comme aux volcans bridés des rouges fonderies,
Où des bras diligents s'agitent par milliers,

Et que je vois fumer leurs hautes cheminées,
Je leur dis : Redoublez vos actives fournées,
Car vous êtes le pain des braves ouvriers !

(1) Les verriers furent annoblis par Louis XIV.

DÉCEMBRE 1870

—

Je n'écrirai pas un volume
Dans le courant de cet hiver ;
Le froid est si rude, mon cher,
Que je ne peux tenir la plume.

On dirait toujours que je fume
Quand mes poumons rejettent l'air ;
Et, malgré ma grille d'enfer,
Je sens en moi germer le rhume.

Vois un peu si nous sommes frais :
J'ai constaté quinze degrés
Au-dessous du zéro de glace !

Quel temps doit-il faire dehors ?
Par ma foi, je crois que Givors
De Tobolsk aura pris la place.

UN OLYMPE

Bien avant d'essayer mes pas dans le Parnasse,
Quand j'étais tout enfant, on m'enseigna qu'au Ciel,
C'est-à-dire l'Olympe où n'entra nul mortel,
La jeune Hébé servait les Dieux de toute classe.

Que Junon et consorts, déesses dont la race
A jusqu'à nous gardé le pouvoir personnel,
Au joli Ganymède — un petit immortel —
Avaient, pour leurs festins, donné pareille place.

Et, dans ma poétique imagination,
Je traitais tout cela d'aimable fiction ;
Mais, hier, m'étant assis à votre table pleine

De nectars et de mets vraiment délicieux,
Encor tout ébloui par la beauté d'Hélène,
Je crois m'être trouvé parmi des demi-dieux.

PROPHÉTESSE & SORCIER

A Mlle MARIA O.....

———

Avec cette voix qui révèle
Un tendre sentiment du cœur,
Vous m'avez dit, Mademoiselle,
Que je ferais en votre honneur

Un sonnet, une villanelle...
— Chose facile pour l'auteur
Lorsque le sujet étincelle
De tant de grâce et de fraîcheur.

— Mais si vous êtes prophétesse,
Je veux, charmante enchanteresse,
Comme sorcier vous surpasser;

Et, cent contre un, je vous parie
Que vous n'aurez jamais, Marie,
Le courage de m'embrasser.

XI

LES GIVORDINES

A ÉMILE S..... DE CLERMONT - L'HÉRAULT

Si tu savais, mon cher, comme elles sont jolies
Les enfants de Givors, soudain tu quitterais
Tes vallons desséchés et nous arriverais
Avec ton cœur-volcan et tes formes polies.

Tes amours rouleraient comme sur des poulies,
Sachant intimément, ami, que tu ferais
Pour ces yeux aimantés, pour ces visages frais,
Ce qu'on fait à vingt ans : d'incroyables folies.

C'est que tous ces minois aux galbes grecs-romains,
Types ravis, sans doute, aux êtres surhumains,
Ont des accents si doux, des voix si charmeresses

Qu'on se croit dans l'Olympe, au milieu des déesses ;
Et que, nouveau Pâris, s'il fallait faire choix,
A chacune à son tour tu donnerais ta voix.

LES NOUVEAUX KRUPPS

A M. FLEURY DE NEUVESEL

En votre absence nous avons,
Fêtés par votre excellent père ,
Débouché quelques vieux flacons
De divers crûs que je vénère.

Si les modernes Pharaons
Connaissaient bien le fond d'un verre,
C'est avec de pareils canons
Qu'ils devraient se faire la guerre.

Jugez un peu si la gaîté
Régnait dans la société !
C'était comme une canonnade

De mille obus réjouissants !...
Mais on a su boire rasade
A la santé des deux absents.

LA *MODISTE LINGÈRE*

A Mlle B... G...

Vous ne connaissez point la modiste-lingère?
Quel type ravissant, coquet, délicieux!
On dirait de l'Amour la blonde messagère
Ou quelque ange tombé de la splendeur des cieux.

Son front est plein de rêve et de pudeur légère;
Sa bouche semble un nid de ris malicieux,
Et je crois qu'elle irait marcher sur la fougère
Sans la faire courber sous ses pieds gracieux.

Puis dans ses vêtements quelle fraîche élégance!
Quel maintien distingué dans son insouciance!
Enfin, pour terminer d'un seul coup de pinceau

Et donner à ma toile une teinte plus nette,
Figurez-vous, amis, une bergeronnette
Sautillant le matin au bord d'un clair ruisseau.

LA RENCONTRE

A Mlle * * *

Sur le pont que baigne le Gier,
Ce petit-fils du noir Cocyte,
Qui, dans sa course hermaphrodite (1),
D'un air impur ceint son quartier,

Par un soir du mois de janvier,
Brillant d'un éclat insolite,
Quand la pleine lune gravite
Dans son invisible sentier,

Aussi raide que l'étiquette
Je vous vis, belle blondinette,
Fuir mes regards dévotieux.

Vous pouvez m'en faire un reproche;
Mais sachez qu'on n'a pas deux yeux
Pour les mettre au fond de la poche.

(1) Canal et rivière qui se jettent dans le Rhône.

UNE CHINOISERIE FRANÇAISE

A Mme LÉONIE G....

J'ai vu deux petits pieds trottant sur mon chemin,
Qu'en les bien regardant tout au plus on devine.
Si mignons, si fluets que nul regard humain
N'en rencontrera point de pareils dans la Chine.

Leurs bottines en drap d'un effet surhumain
Eussent à Cendrillon fait faire un pan de mine ;
Et sans un banc de bois qui me tendit la main,
Ma tête aurait tourné bien mieux qu'une bobine.

Jugez si ma raison a couru le galop !
Que j'ai souffert d'avoir quinze neiges de trop
Et de ne pouvoir dire à ces pieds d'alouette :

Ravissants petits pieds, qui fuyez mon bonsoir,
Ah ! daignez accorder au malheureux poëte
La faveur de venir vous déchausser ce soir.

A UN ABSENT

A M. FLEURY DE NEUVESEL, A AMÉLIE-LES-BAINS

Dans le creuset de ce vallon,
Où la bienfaisante lumière
Du soleil n'est que passagère,
Fleury, que faites-vous de bon ?

Ces eaux — que fait jaillir, dit-on,
Certain Moïse apothicaire,
Pour soulager notre misère —
Doublent-elles votre menton?

Quant à nous, depuis votre absence,
Nous accablons la Providence
De nos prières , de nos vœux,

Pour qu'elle rende à la patrie
Les bienfaits d'une paix chérie
Et votre cœur d'or à nos jeux.

LA VITRINE D'UN PHARMACIEN

A M. PATRUZ

Si jamais vous passez devant une officine
De quelque pharmacien, vous verrez, cher lecteur,
Deux grands bocaux pleins d'eau que des bois de senteur
Ont rendue azurée, ou verte ou purpurine.

Puis les mille produits que le gain imagine :
Des bouteilles de Rob, de Boyveau-Laffecteur,
Des baumes, des onguents, des grains de maint docteur
Que patronne la vieille et nouvelle doctrine.

Vous pouvez y trouver de riches minéraux,
Des bois pétrifiés, des marbres, des cristaux ;
Mais ce qu'on tient ailleurs dans le fond d'une armoire

Et qu'on voit s'étaler chez Patruz, à Givors,
Ce sont de longs serpents avec leurs dards d'ivoire,
Qui se fourrent, dit-on, dans maint endroit du corps.

UNE CHINOISE DÉCLARATION

À Mlle ***

Je vous avais fait la promesse
De vous déclarer mon amour,
Et je viens, tremblant, en ce jour,
Vous prouver toute ma tendresse.

Voici mon amoureuse adresse :
C'est du sanscrit qui, sans détour,
Laissera lire au premier tour
Ce qu'à vous seule je confesse.

Mais, pour déchiffer ce chinois,
Il faut rouler entre vos doigts
Les deux bouts de cette ficelle.

— Tiens, que c'est drôle !... *M'aimez-vous ?*
— Eh bien ! que me répondez-vous ?
— Vous allez le savoir, dit-elle.

XIX

A UN VÉLOCIPÈDE

A M. PAUL FRICOTEL

———

Comme vous, quand j'eus vu pour la vingtième fois
De fleurs d'argent et d'or s'émailler nos prairies
Et les mystérieux réduits de nos grands bois
Provoquer des amants les douces causeries,

Ni les rudes sentiers où je glissais parfois,
Ni les monts sourcilleux aux sombres boiseries
Ne pouvaient arrêter mes jambes de chamois
Si l'amour m'excitait par ses espiègleries.

Aujourd'hui que le temps m'a, pauvre galérien,
Mis un boulet aux pieds, peut-être pour mon bien,
A ralentir le pas, mon cher, je vous invite.

Parce que, voyez-vous, soit dit sans se moquer,
Si vous couriez toujours et si vite, et si vite,
La terre finirait bientôt par vous manquer.

A UNE RÉCLUSE

A Mlle X......

———

Quand, rêveuse, vous écoutez
Chanter vos chères tourterelles,
Que vous disent ces voix fidèles ?
— De vos jeunes ans profitez.

De l'enclos où vous végétez
A faire pâlir vos dentelles,
Tendre colombe aux blanches ailes,
Volez vers les bois fréquentés.

Au fin et gracieux sourire,
Au long regard qui veut tout dire,
Ne défendez pas votre seuil ;

Qu'une amitié sainte s'en suive,
Et si l'amour plus tard arrive,
Faites-lui vite un bon accueil.

XXI

LE DRAPEAU ROUGE

A M. FARGE

———

Je n'ai jamais aimé le rouge solitaire,
Surtout quand on le fait servir pour le drapeau.
Il rappelle à l'esprit cet instinct sanguinaire
Qui fit même d'horreur frissonner le bourreau.

Puis de Quatre-vingt-treize on sait que la bannière
Vit dans le Champ de Mars sa tombe et son berceau ;
Et cependant encor, seul dans la France entière,
Flotte au sein de Givors ce sanglant oripeau.

Je comprends que tout homme, à la pensée honnête,
Avec un fier dégoût bien loin de lui rejette
Pour étendard français cette couleur de sang.

Comme elle fait rougir, à tous ceux de son rang,
Je veux dire : Voyez, au bout de ces quenouilles,
C'est avec son appât qu'on pêche les grenouilles.

Février 1871.

RÉPONSE

A P... DE N...

———

Sachez que je m'inscris en faux
Contre l'aimable fantaisie
De prétendre avoir les défauts
Inhérents à ma poésie.

De vos vers fraîchement éclos
La pensée est si bien choisie
Que j'ai senti jusqu'en mes os
Glisser un grain de jalousie.

Et si, trop naïf Benjamin,
Je viens encor le lendemain
D'un nouveau sonnet plus étique

Bourrer votre esprit complaisant,
C'est qu'en vers je suis partisan
Du système homœopathique.

PETIT TABLEAU DE FAMILLE

Comme un bien doux soleil de ses rayons mourants
Par un beau jour d'hiver dorait le front des chênes,
Tout ému des revers de nos belligérants,
Je rentrais au logis par le chemin des Plaines.

Devant moi, des époux, d'amour exhubérants,
Courbés comme deux arcs, se donnaient mille peines
Pour apprendre à marcher aux deux pieds ignorants
De leur fils qui comptait au plus dix lunes pleines.

La mère était son guide; et, remuant ses doigts,
Le père à quelques pas l'appelait de sa voix,
Quand d'un essai trop long la femme fatiguée,

Soulevant dans ses bras le fruit de ses amours,
S'écria de faiblesse : Enfant, tu m'as tuée !...
— Oui, mais avec plaisir, dis-je, on remeurt toujours.

UN FUTUR BAPTÊME

A Mlle MARIE S....

Sans étaler le jugement
Fin et subtil d'un Aristarque ,
Après un bouleversement
Qui renverse trône et monarque ,

Vous avez dû, lecteur charmant,
Faire avec d'autres la remarque
Qu'il s'opérait un changement
Dans la conduite de la barque.

Puisqu'on change certains décors ,
Si j'étais maire de Givors ,
La rue où souvent je lambine ,

Au lieu de ces mots : du Canal ,
Prendrait pour blason baptismal
Ceux de : l'aimable Givordine.

X X V

LA VITRINE DE LA MODISTE

—

Des vitrines qu'on veut exposer à vos yeux,
— Et, certe, on peut en faire une bien longue liste,
— La plus belle, à mon goût, faute de trouver mieux,
Ce serait, dans Givors, celle de la modiste.

Là flottent des rubans, des chapeaux gracieux,
Des dentelles de prix, des mouchoirs en batiste,
Tant de fleurs qu'en voyant ce parterre joyeux,
On doit prendre l'époux pour un grand botaniste.

N'importe la saison, vous y voyez toujours
La verdure et les fruits, la soie et le velours ;
Puis des bonnets brodés avec leurs mentonnières!...

Mais les plus beaux objets qu'on entrevoit parfois,
Malgré les blancs rideaux, ce sont les jolis doigts
Et les visages frais des jeunes ouvrières.

XXVI

UN ÉTRANGE ÉTRANGER

A M. G...

Un matin, pendant les jours gras,
Faisant apparemment escale,
Un monsieur, comme le trépas
Vêtu de noir, figure pâle,

Levant les yeux à chaque pas
Qu'il traçait en diagonale,
Entra, pour prendre son repas,
Chez Lacroix, dans la grande salle.

Comme d'un regard bien profond
Il examinait le plafond,
Mon gai commençal aux dînées,

Qui sans doute le connaissait,
Me répondit : Je crois que c'est
Un inspecteur des araignées,

L'INVITATION DU PRINTEMPS

—

Vous ne savez donc pas, charmante jeune fille,
Que l'hiver s'est enfui bien loin de ce séjour,
Que d'ombre et de chansons se remplit la charmille,
Que les tièdes zéphyrs sont enfin de retour ;

Que dimanche, en suivant le ruisseau qui babille,
J'ai vu de mes deux yeux, dans les prés d'alentour,
Les Grâces et les Ris achever un quadrille
A la voix des oiseaux disant leurs chants d'amour.

Si vous vous envolez demain de votre cage
Et que vous dirigiez vos pas vers le Bocage,
Allez vous promener dans le sentier ombreux,

Plein de bancs, qui, du haut de la sombre colline,
Jusque dans le vallon bien doucement s'incline...
Vous y rencontrerez, bien sûr, un amoureux,

UNE PORTE A GIVORS

A M. ALLMER

Des temps passés doctes amants,
Archéologues d'Angleterre,
D'Espagne et de toute la terre,
Y compris même ceux du Mans,

Qui par l'épais des fondements,
La couleur, les grains de la pierre
Ou la grosseur du sombre lierre,
Trouvez l'âge des monuments,

Si jamais, sur le bord du fleuve,
Vous voyez une porte neuve,
Haute, étroite comme une tour,

Vous saurez bientôt, j'imagine,
Qu'elle n'est pas venue au jour
Lorsque trônait la crinoline.

LES ORANGES

A Mlle ÉLISA D....

Qui ne raffole point des fruits délicieux
Que les Faunes, jouant avec les Néréïdes,
Aimaient d'aller cueillir d'un doigt malicieux
Dans le joli jardin des tristes Hespérides,

Quand Hercule, d'un bras vraiment prodigieux,
Envoya promener chez les trois Euménides
Le dragon qui gardait d'un œil trop ennuyeux
Bien moins les pommes d'or que ces enfants timides !

Eh bien ! vous qui semblez plus gourmands que gourmets,
Ecoutez mon conseil, Givordins : si jamais
Vous voulez acheter d'excellentes oranges,

Allez droit chez Dumas, l'épicier voisin ;
Toutes celles qu'on voit aux yeux du magasin
Sont un choix fait exprès pour la bouche des anges.

✿✿✿✿✿✿✿✿✿✿✿✿✿✿✿✿✿✿✿✿✿✿✿✿✿✿✿✿✿✿✿✿

X X X

PENDANT UN CYCLONE

—

Quel vent terrible, impétueux,
Se déchaînant dans nos contrées,
Comme des meutes enragées,
Hurle ses accords monstrueux!

Arbres, au front majestueux,
Tuiles plates ou bien cintrées,
Vitres, tuyaux de cheminées,
Dans l'air valsent vertigineux!

Et votre personne s'apprête
A sortir par cette tempête
Pour aller courir le vallon !...

Vous ne craignez donc point, ma brune,
Qu'Eole, enflant votre ballon,
Ne vous emporte dans la lune?

A DEUX JEUNES AMIES

MARIE S... & CAROLINE D...

Charmants lutins dont la tête travaille
Sous les ardents aiguillons de vos chairs,
Et dont l'esprit dans ses rêves émaille
De mille fleurs nos arides déserts,

Vous ignorez, lorsque le cœur tressaille
Tout agité comme le flot des mers,
Que, bien souvent, la plus belle médaille
Cache à nos yeux le plus triste revers.

De vos longs vœux n'appelez point cette heure
Où l'hymen fier change votre demeure
En un brillant et somptueux palais :

Le plus bel âge est le temps où les roses,
Comme au printemps, sont fraîchement écloses
Sous le satin de vos chastes attraits.

XXXII

A UN ASTRE INTERMITTENT

———

O vous qui , dans toute saison ,
Que le vent hurle , chante ou pleure ,
Au second ciel de la maison
Brillez toujours à certaine heure ,

Astre , à la douce lunaison ,
Dont la beauté supérieure ,
En troublant souvent ma raison ,
M'attire vers cette demeure ,

Si Dieu vous fit avec un cœur,
D'un pauvre malheureux chanteur
Daignez exaucer la prière :

Afin de gagner son procès
Enseignez-lui votre saint Pierre ,
Qui près de vous lui donne accès.

SZSZSZSZSZSZSZSZSZSZSZSZSZSZSZSZSZSZ

XXXIII

PASTORALE

—

Par un soir de printemps, au sommet d'un coteau
Rapide qui pouvait sembler inaccessible,
De ce que peut rêver un jeune homme sensible,
Un amoureux rêvait dans son brûlant cerveau ;

Lorsque vint à passer sur le bord du ruisseau
Deux enfants que l'amour aurait pris pour sa cible,
Dont l'une, au cœur épris, d'une voix indicible,
Interpelle en ces mots le charmant jouvenceau :

« Si vous osez, Monsieur, en droit chemin descendre
« Sur-le-champ jusqu'à nous, je vous laisserai prendre
« Avec bien du plaisir sur ma bouche un baiser. »

— « Me voici, dit l'amant en tombant auprès d'elles... »
Et réclamant le prix qu'on voulait refuser :
« *Vous saurez maintenant que l'amour a des ailes.* »

3

TABLEAU RUSSE

—

La neige de son blanc manteau,
Comme une vaste chancelière,
Couvre le toit de ma chaumière
Et les arbustes du coteau;

La glace, dans son long étau,
Tenant la source prisonnière,
Permet de passer la rivière
Sans passerelle, ni bateau.

Le vent, de sa mordante haleine,
Pénétrant les habits de laine,
Augmente le verglas fatal;

Et le givre, aux mille facettes,
Des arbres change les squelettes
En brillants lustres de cristal.

5e5e5e5e5e5e5e5e5e5e5e5e5e5e5e5e5e5e5e5e5e

XXXV

LE RÉMOULEUR

—

Dans mon Saint-Antonin, la ville aux maisons vieilles,
Quand je courais les bois, cherchant des nids d'oiseaux,
Je me souviens d'avoir ouï de mes oreilles
Le cri de : Repasser les couteaux, les ciseaux!

Mais comme le progrès fait partout des merveilles,
On n'entend plus crier les rémouleurs nouveaux
Qui, cessant d'imiter les actives abeilles,
Attendent leurs chalands au sein de leurs travaux.

S'il faut les dénicher, je viens, aux longues listes
De ces fiers artisans qui passent pour artistes,
Vous dire d'ajouter M ***, le Givordin.

Car, dans son grand amour pour les choses nouvelles,
Il a fait faire à l'art un tel pas, le gredin,
Qu'il repasse aujourd'hui toutes les demoiselles.

A UNE FONTAINE

———

Fontaine, au flot internissable,
Dont le cristal va , d'un ciel pur,
Tout le long d'un ruisseau de sable,
Réfléchir l'océan d'azur,

Et qui , glacée , intarissable ,
De tes bosquets, au jour obscur,
Rend l'attrait indéfinissable
Comme un ombrage de Tibur ,

Quand ton eau se remplit d'étoiles,
Dis, surprends-tu des cœurs sans voiles
Sur le lit de tes gazons verts ,

Et de leurs âmes bien unies
Répètes-tu les harmonies
Dans le doux bruit de tes concerts ?

XXXVII

POUSCHKINE

A qui le prix ?... Jugez : le célèbre Pouschkine
Cruellement frappé par la main du malheur,
Dans ses kopecks en or, un beau jour imagine
De faire relier par l'ouvrier le meilleur,

Tous les vers envolés de sa lyre divine
Et de les dédier par lettre à l'empereur.
Le czar, de l'écrivain connaissant la débine,
Envoya des billets de Banque au relieur

Qui grava sur le livre, en forme d'étiquette,
Ces mots : Œuvres du czar, à Pouschkine, poëte.
Puis les lui fit remettre, — et l'auteur, stupéfait,

Répondit en ce sens qu'en deux vers je résume :
Sire, je suis ravi, votre livre est parfait ;
J'attends, impatient, le deuxième volume.

XXXVIII

UNE VISION PHOTOGRAPHIQUE

A Mlle MARIE R....

La délicieuse figure
Qui vient de réjouir mes yeux !...
Que le bonheur transfigure
Dans cet ensemble harmonieux !...

C'est un profil d'une facture
A troubler le repos pieux,
Tant chaque ligne est douce et pure
Et le sourire gracieux !

— En faisant une œuvre aussi belle,
Il faut que Dieu, Mademoiselle,
Ait voulu donner au mortel

Des preuves d'être manifestes ;
Car c'est ainsi que Raphaël
Nous a peint les esprits célestes.

XXXIX

PLUS DE LARMES

A Mlle MARIE D...

———

Quoi ! vous pleurez encor parce que votre amie,
Qui commençait de boire aux coupes de l'hymen ,
Dans le sein du Seigneur sitôt s'est endormie ,
Laissant un pauvre enfant sur son triste chemin !

De grâce de vos pleurs faites économie !
A des amis joyeux daignez tendre la main ;
Pourquoi faire pâlir l'ombre de Jérémie
Si pour l'âme envolée il est un lendemain ?

Et voyez : de vous deux quelle est la plus à plaindre ?
Elle a fini ses maux en venant de s'éteindre ;
Car elle est dans le ciel; et vous, vous poursuiviez ,

Au milieu des regrets, les jours de votre vie.
Si vous voulez bien vivre et faire à tous envie ,
C'est de tout accepter comme si vous rêviez.

XL

AUX GIVORDINES

—

Vous qui cherchez des violettes,
Si vous saviez comme les prés
De bluets et de pâquerettes
Sont en ce moment diaprés,

Au moulin Roch, tendres fillettes,
Vous iriez courir tout exprès
Afin d'en parer vos toilettes
Et vos visages bien plus frais !

Puis on vous verrait dans les ombres
Que jettent ses ruines sombres
Consulter l'aveugle Destin,

Et revenir toutes joyeuses
D'avoir gravé d'un doigt lutin
Deux noms au flancs de ses yeuses.

A UNE VEUVE

Est-ce un mensonge ou bien la franche vérité?
Vous allez de nouveau contracter mariage?
J'admire franchement votre brûlant courage
Qui du pauvre défunt prouve bien la bonté.

Je sais que vous avez conservé la beauté ;
Qu'en vous brillent la grâce et la fleur du jeune âge ;
Qu'il est pénible et lourd le fardeau du veuvage ;
Que le premier époux est par vous regretté ;

Mais lorsque du second vous aurez les caresses,
Ne penserez-vous pas aux suaves tendresses
De celui qui cueillit votre rose d'amour,

Et ne craindrez-vous pas que sa malheureuse ombre
Passant dans votre ciel ne le rende bien sombre
Et qu'enfin le malheur vous poignarde à son tour ?

MOYEN DE FAIRE FORTUNE

A M. RESSIER, PHARMACIEN

Penseurs qui vous creusez la tête
Pour faire des vers, des romans;
Joueurs, à l'âme encore honnête,
Qui vous plaisez dans les tourments;

Chimistes dont l'esprit s'entête
A chercher l'or dans les sarments (1);
Nadards qui rêvez la conquête
De l'air, ce roi des éléments,

Voulez-vous, chose peu commune,
En un clin d'œil faire fortune
Et ne jamais vous appauvrir?

Tâchez dans votre dépendance,
Soit loin ou près de découvrir
Une fontaine de Jouvence.

(1) On m'a assuré qu'un chimiste du Midi a obtenu de l'or avec des sarments, mais que cet or lui revenait bien plus cher que ce qu'il valait,

CONSEIL GALANT

Si jamais la discorde infâme
Ou la tenace déraison
Entre vous, homme et quelque femme
Allument leur ardent tison,

N'allez point jeter feu, ni flamme.
Auriez-vous mille fois raison,
Subissez la vive épigramme
En soldat de bonne maison.

Vous serez de votre patrie.
Les lois de la galanterie
Font un devoir impérieux

De courber dignement la tête.
Etre battu par deux beaux yeux,
C'est triompher dans la défaite,

UN LARGE RUBAN ROUGE

—

Monsieur Coquelicot est, vraiment, sans conteste,
L'homme dont le cerveau s'accouche très-souvent :
Il a fait un travail superbe sur le vent
Et sur la liaison de Pylade et d'Oreste.

On lui doit un écrit très-profond sur la peste
Et l'art d'ensemencer les pois pendant l'avant.
Enfin, pour terminer d'un trait, c'est un savant ;
Et, chose bien plus rare, un esprit fort modeste.

Cependant mon ami ne peut pas retenir
Ses traits malicieux quand il le voit venir
Avec son ruban rouge éblouissant, immense,

Parce qu'il ne voit pas dans son intelligence,
Qu'en prenant un tissu d'une grande largeur,
Cette distinction n'est pas une *faveur*.

XLV

AUX SANS PITIÉ

———

Pourquoi jetez-vous à son front
Votre mordante raillerie ?
Qui vous porte à lui faire affront
Avec tant de raffinerie ?

Vous a-t-on fait connaître à fond
Ce cœur vierge d'idolâtrie ?
Non , vous ne seriez pas si prompt
A flétrir sa coquetterie.

Ayez moins de causticité ,
Plus de bon sens, de charité.
Qui n'a pas besoin d'indulgence ?

Qui se croit blanc comme le lait ?
Qui n'a pas un seul noir feuillet
Dans le livre de l'existence ?

SAINT-GÉRALD

A M. G...

———

Je n'aime pas une maison
Dans une plaine de feuillage,
Comme une mer au plat rivage,
Sans des coteaux à l'horizon.

Autant vaudrait une prison
Que ce verdoyant paysage,
Avec son dôme, au doux ombrage,
Et ses verts tapis de gazon.

Mais parlez-moi d'une campagne
Dans une quadruple montagne ;
Table dont les pieds vont aux cieux.

Quand vous ouvrez votre fenêtre,
Mille décors de main de maître
Viennent du moins frapper vos yeux.

A Mlle *ROSALIE P...*

—

Avec une grâce infinie
Quand, daignant vous rendre à mes vœux,
De votre table d'harmonie
Vous eûtes fait vibrer les jeux,

Devant ma réserve impolie
A battre des mains tout joyeux,
Qu'avez vous pensé, Rosalie,
De mon verbe silencieux?

Hélas! enfant, si du poëte
Vous n'êtes point très-satisfaite,
C'est qu'enivré de votre voix,

Et des mélodieuses phrases
Qui ruisselaient de vos dix doigts,
Il est encor dans les extases.

UNE SŒUR A SON FRÈRE

SONNET ÉCRIT POUR Mlle ROSALIE P...

Ami, tu vas bientôt, peut-être sous nos yeux,
Pour la première fois manger le pain des anges ;
Dans l'accomplissement de ce devoir pieux
Apporte un cœur d'enfant, comme au sortir des langes,

Chaste et pur ; et celui qui règne dans les cieux,
Dont les saints tout tremblants redisent les louanges
En venant visiter son temple radieux
L'inondera soudain de bonheurs sans mélanges.

Le vase qu'on enlève aux mains qui l'ont pétri,
Dans ses flancs altérés conservant, mon chéri,
Bien longtemps le parfum de la première essence,

L'acte qu'en ce beau jour ton âme accomplira
— Je l'éprouve à l'instant, — sans cesse exercera
Sur les jours de ta vie une heureuse influence.

AUX ARROSEURS DU BOCAGE

De vos harmonieux ruisseaux,
Bordés de bluets, de pervenches,
Quand vous détournerez les eaux,
Que ce ne soit pas les dimanches.

Laissez aux jolis jouvenceaux
Ainsi qu'aux jeunes jupes blanches
Les prés avec leurs frais bandeaux
Et leurs tapis aux marches franches.

Dans ce bas monde, aux fols ébats,
On fait, certe, assez de faux pas
Pour épargner aux jeunes filles,

Les ennuyeux désagréments
De voir leurs petits pieds charmants
Se salir jusques aux chevilles.

-4

L

A PROPOS DE MES STRASS

A EMILE PAGÈS, NOTAIRE

———

Cher ami, si, trompant mes rêves, mes projets,
Quelques sonnets se sont enfuis de ma volière,
C'est que le gai savoir, comme certains objets,
N'a souvent qu'à gagner à se mettre en lumière.

Ecoute, à ce propos : rêvant de maints sujets,
De Montrond je venais de franchir la barrière,
Quand je fus ébloui par des feux dont les jets
Ainsi que des éclairs partaient d'une chaumière.

Puis toutes les maisons, comme au long cri d'un *bis*,
Semblaient s'être à l'envi couvertes de rubis
Mille fois plus brillants que l'or au premier titre.

Or, sais-tu ce qu'étaient ces nombreux diamants
Reflétant du soleil les rayons expirants ?
Ce n'était simplement que des carreaux de vitre.

A M. & Mᵐᵉ ADRIEN ROUX

SUR LA MORT DE LEUR FILLE

Pauvres amis que je vous plains !
Par quelle épouvantable épreuve
Vient de passer votre âme neuve
Dans les déboires, les chagrins !

Mais qui peut sonder les desseins
De celui qui de fiel abreuve
Votre maison aujourd'hui veuve
Du fruit de vos amours divins !

Voyons donc, un peu de courage !
Vous êtes à la fleur de l'âge
Et vous désespérez du sort !

Si vous saviez que votre fille
Comme une étoile aux cieux scintille
Vous ne pleureriez pas sa mort !...

EPILOGUE

A MES SONNETS

Allez, mes chers petits pinsons.
Quittez ma cage pour le monde :
Ne faites pas mille façons;
Vous avez l'humeur vagabonde.

Et, quand vous direz vos chansons,
Si la critique saine abonde
Ecoutez ses sages leçons,
Quelle vous reprenne ou vous gronde;

Car, lorsque vous serez dehors,
Vous n'aurez pas, comme à Givors,
Des cœurs aux si souples étoffes.

Mais si vous êtes poursuivis
Par l'envie ou des ennemis,
Alors, devenez philosophes.

TABLE

—

S O *N N* E T S

Givors, impr. et lith. Savigné.

9 782019 929978